RENARD À VÉLO

骑自行车的狐狸

〔法〕费伯蒂格 著

〔法〕弗洛里安娜·里卡尔 绘

苏迪 译

人民文学出版社
PEOPLE'S LITERATURE PUBLISHING HOUSE

我是一只狐狸。

住在森林里。

我很孤独。

我来到山冈上，
看到远方有一座城市。

首先，我得用双脚走路，
因为他们都这样。

这里躁动，
所以不安。

我找了一个可以安顿的地方。

经过一番折腾，
我将它改造成了舒适的小窝。

我有一个邻居。

他生性焦虑。

"伙计，帮我一个忙！我在等快递，一个包裹！
我告诉快递员你会帮我签收，你能搞定吗？
靠你了！"

这个世界很怪异。
人们互送包裹。
我的邻居也送。
但似乎，他不会收到
自己送的东西。

对我来说，这太复杂。

我的邻居没发现我是狐狸。
我猜他的脑子有问题。

"你答应了！
终于找到靠谱的人了！"

我的邻居不停地嚷嚷，
很吵。

"伙计，你在找工作？会骑车吗？你行吗？
你当然行，你是我哥们！有件事要交给你去办！"

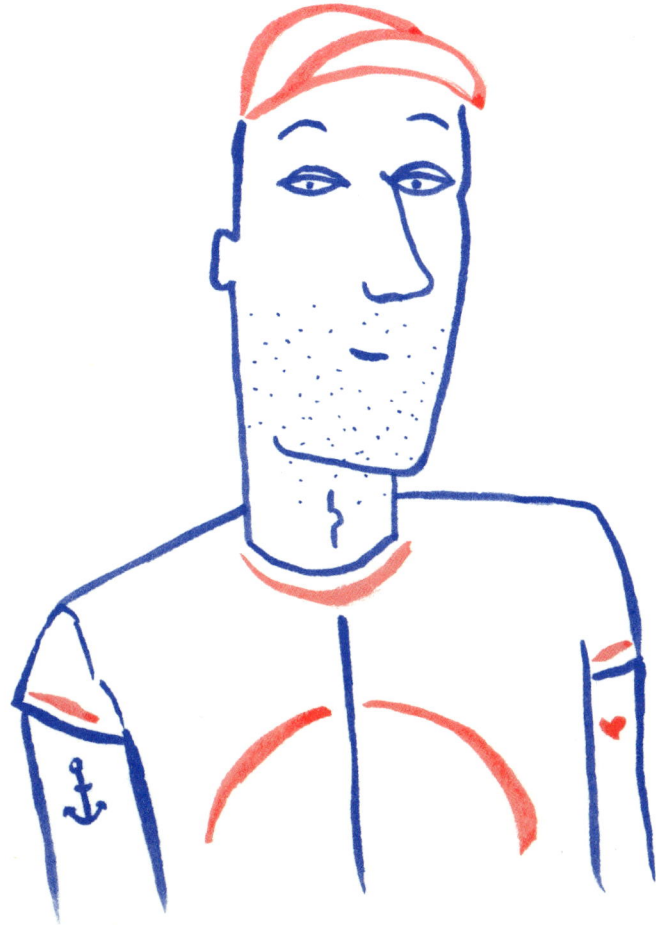

我的邻居经常和我谈论数学，
但我的数学很糟糕。

"你瞧，你得骑车把这些东西送走。
今天必须送完，明白吗？
我们对半分！"

第二天，我开始骑自行车。
自行车很重，我们叫它"邮轮"。

我不太喜欢汽车。

这份工作很辛苦。

我无视邻居的夸赞和埋怨。

"什么？你都用共享单车？
伙计，你疯了！你需要一辆真正的自行车，
不然你会死在路上！"

我们去了自行车店。

无需自我介绍。

你好～自行车

那里有一排自行车。

我找到了我想要的那辆。

卖家总有理由
抬价。

"这车不卖。这是一辆魔鬼自行车。
它无视主人，会给你带来厄运！"

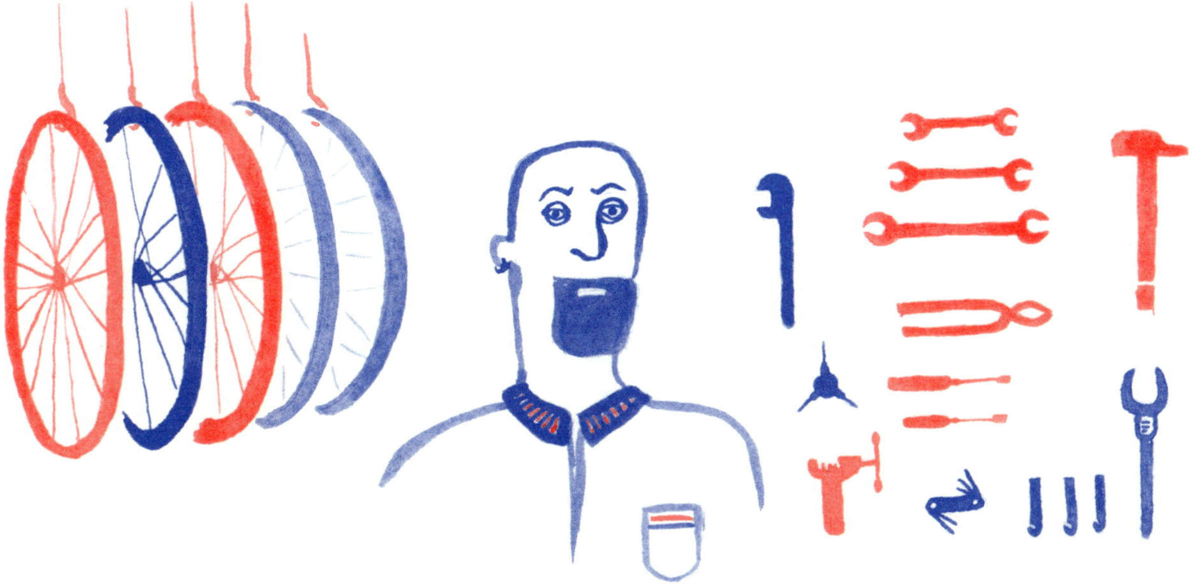

后来我们没有买车，
而是买了一堆零件。

邻居将零件组装起来，最终，
它们成了一辆完整的车。

真像变戏法一样。

邻居让我试骑一下。

一开始并不顺利。

可能它很讨厌我。

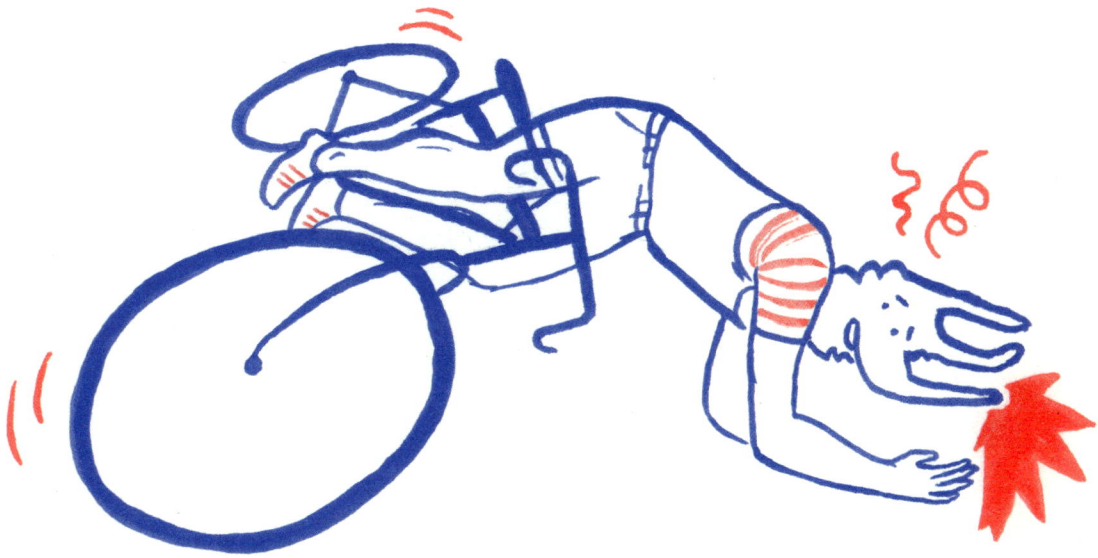

事实上，真正的自行车会让一切变得容易。
我能更快地送完邻居的快递，
他会更早地来我家烦我。

"伙计，我们来聊聊。"

我的邻居和我说起了异国的水果。
他不知道我是食肉动物。

"首先，你得有一根香蕉。
瞧，伙计，你可以随身带着。
超级管用。"

他说的话，我经常只能听懂二分之一。

"然后……我要告诉你一个秘密。
有一项比赛……一项特别的比赛。"

邻居说，七赛，就是共有七个赛段。
它属于骑行爱好者，
是一项秘密骑行比赛。

一项艰苦的比赛。

"我帮你报名，我们一起骑，我们一起死！"

我不停地交朋友。
但我一直在想象
那项比赛。

"狐狸，你也要参加七赛？
但愿你知道爪子应该放在哪里。"

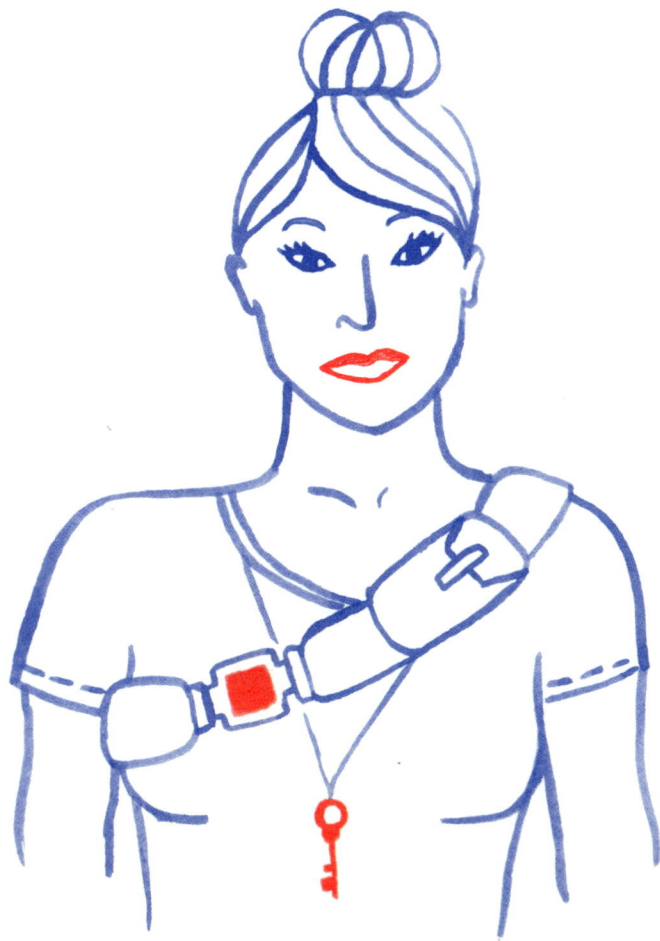

然后她做了一个奇怪的手势，
并祝我好运。
我很奇怪，因为比赛中，
最优秀者会获胜，而不是最幸运者。

"做这个手势，
它会给你带来好运！"

迪耶普

在指定的那一天的那一刻，
我来到了指定的地点。
我迟到了一会儿，因为走错了路，
而且，那里真的很远。

说实话，我已经累了。

每个车手看上去都很厉害。
这是维克托尔和康斯坦斯。

一切就绪。

其中一个家伙戴着面具。
我认为，他是一个危险分子，
他会在比赛中干掉我们。
戴面具是为了隐藏他的身份。

或者，只是因为他长得丑。

另一个家伙骑着魔鬼自行车。

我有点嫉妒，
尽管我知道，他正在拿他的生命开玩笑。

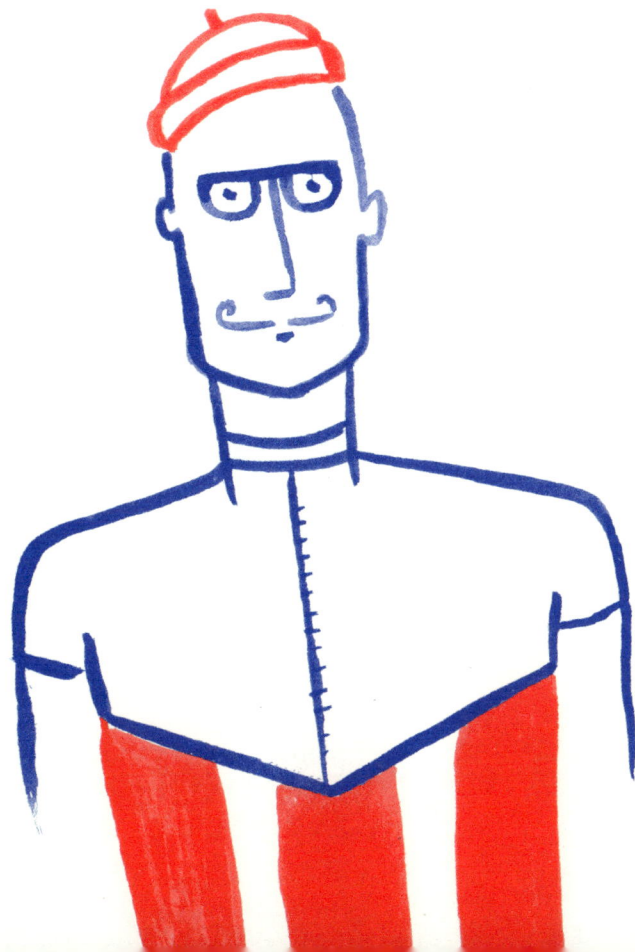

我的邻居来了。

我不知道他为什么干劲十足。

"准备好了吗？伙计，这是你一生中最重要的比赛！"

生命中的每一件事都会有一个开端。
即便那些事是你最后一次去做，
你也必须着手去做，然后将它们做完。

"伟大的、非凡的、无与伦比的七赛就要开始了！
第一个赛段，蒙热隆–迪耶普！祝大家好运！"

最痛苦的是，我们时常觉得，
终点仍在远方。

路边，我看到了里程碑，
它们很像墓碑。我觉得，
那也是一种抵达终点的方式。

一路上，我只做一件事。

不是骑车，
而是与变幻莫测的
天气对抗，
与灼热的雨、
腿部的酸痛对抗。

每一个山口，都是希望之书和
绝望之书的一页。

此外，我看到了一片宽阔、平缓、神奇、不可思议的蓝色。

有生以来，我第一次看见大海。

这一时刻温馨而又寂静。

我认为，我爱上了它。

我最后一个抵达迪耶普。
我害怕被邻居埋怨。

但是看着大海，我忘记了一切。

邻居没有埋怨我。

大概停下来的时候，

车手都想把自己榨干。

"伙计，现在是最美妙的时刻！

放纵一下！这是一场没有节制的庆祝晚会！"

庆祝晚会很平静。

车手不停地喝酒。

我想要一杯牛奶。

我很快交到了新朋友。
他拿着一杯饮料过来和我聊天。
但他的第一句话并不友好。

事实上，他的饮料不是给我的。

"狐狸，你不必参加这次比赛。"

我觉得，这是心理战。

"七赛与众不同。
朋友，我必须告诉你，
没有人完成过这项比赛。"

突然，我们听到了一声巨响。
某人，或是一样大如某人的东西
掉进了大海。

有人告诉我，一个名叫沃尔佩
的意大利车手落水了，
并且再也没有上来。之后的几分钟，
我们惴惴不安。

我们一起比赛，但独自赢。
独自输。

独自死。

沃尔佩是那辆魔鬼自行车的主人。
我确信，就是那辆车把他推了下去。
我心想，我应该霸占那辆我喜欢的车，
尽管有一天，它也会把我杀死。
它很危险。
但我还是想要占有它。

我需要它。

伦敦

我的地理一向糟糕。

当他们宣布下一个赛段的时候，

我确实在想，我们应该如何渡海。

"第二个赛段开始了：迪耶普-伦敦！只有最棒的车手才能赢得比赛！"

所有人都朝着正北方、朝着大海出发了。
我心想，他们是不是没有看见那里有
大海？

我问邻居，
我们应该如何涉水，
他跟我简要地讲解了行动的力量。

"只有弱者才需要呼吸！"

在水下骑车，
很困难。

海底住着一种动物，
它们对自行车骑手没有好感。

我们骑过了大海，英格兰似乎并没有
传说中那样潮湿。

最终，我们抵达了伦敦。我又是最后一名。
我希望邻居不会埋怨我。

他们办了一场庆祝晚会。很遗憾，
一些车手死了。

“献给沉海的人！”

一位车手拿着一杯饮料走了过来，
但那不是给我的。

"狐狸，你知道吗？
重要的是过程，不是结果。
想象一下比赛结束的那一天，
你会失去你寻找的东西。"

我的邻居也过来找我聊天。
我一直看着他的饮料，因为我很渴，
而且我不明白他到底在说什么。

"伙计，明天是一场野猫赛，知道吗？
一场分阶段的城市比赛。
你能行吧？"

野猫赛

第二天，比赛继续。

要我说，比赛开始得太早。

第一站，抵达城市
最高建筑的顶层。

我乘了电梯，
这样会轻松一些。

下一站，抵达泰晤士河河底。
很显然，其他车手
不需要电梯。

每一站都会把我们
带到更远的地方。

如果一开始就去终点，
所有人都能节省时间！

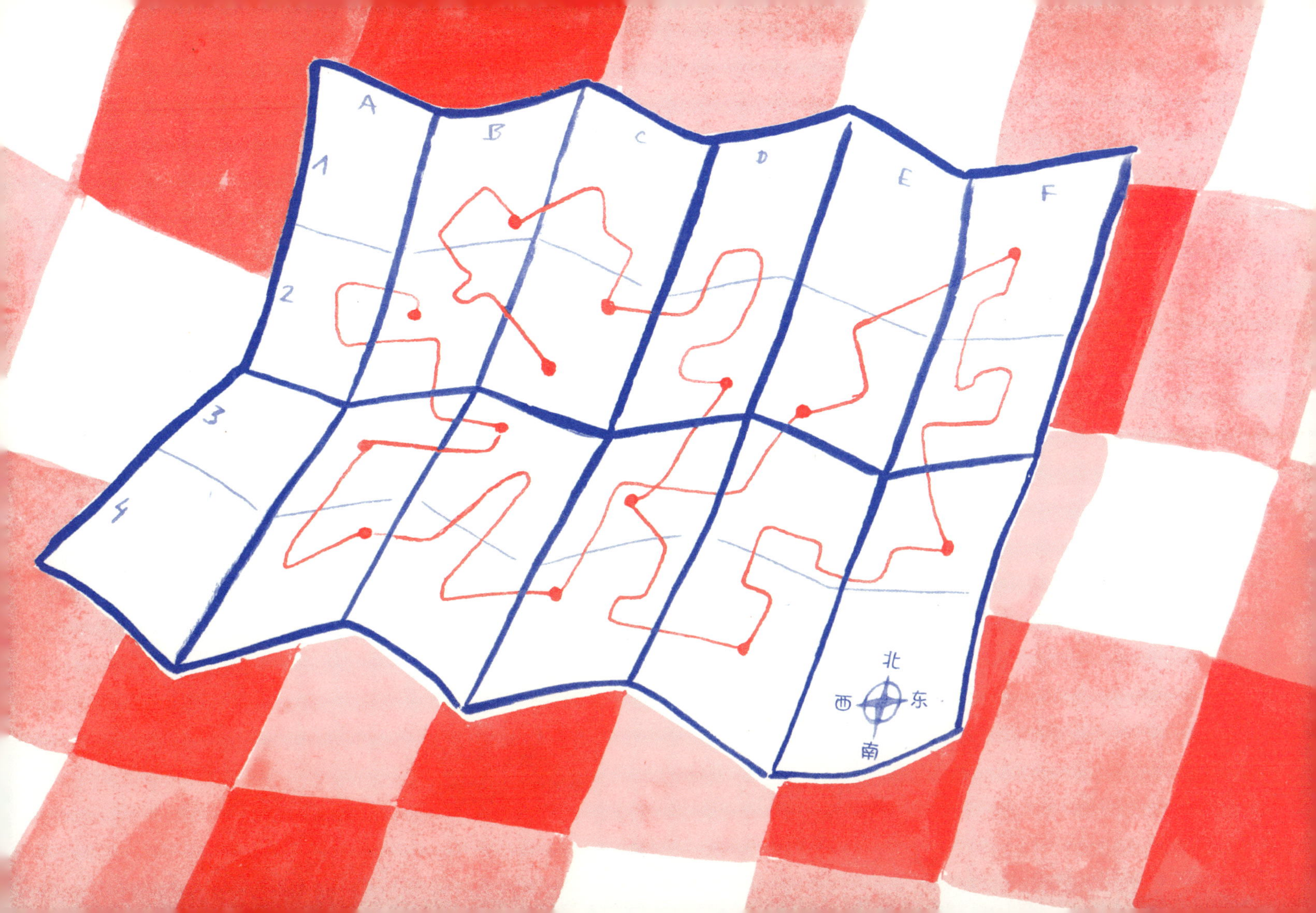
A
B
C
D
E
F
1
2
3
4
北
西
东
南

我还是最后一名，
我害怕邻居埋怨我。
我准备跟他说，
最重要的是参与。

事实上，我没有时间辩解，
车手马上投入了一场旨在
放松的野外庆祝晚会，
这让我看上去就像一个白痴。

我觉得，哲学
不适合我。

"狐狸，你不去玩吗？
为了更好地继续下去，我们必须放松。
这样对路、对车、对车手都有好处。"

邻居和我喜欢看他们表演。

我不怕死，
但我怕孤独。

"伙计，明天……明天可不一样。
已经有人死了，这很正常。
明天……伙计，真正的比赛开始了！一个疯狂的赛段！
我知道你怕死，
但伙计，你知道，死，是一次伟大的冒险！"

月球

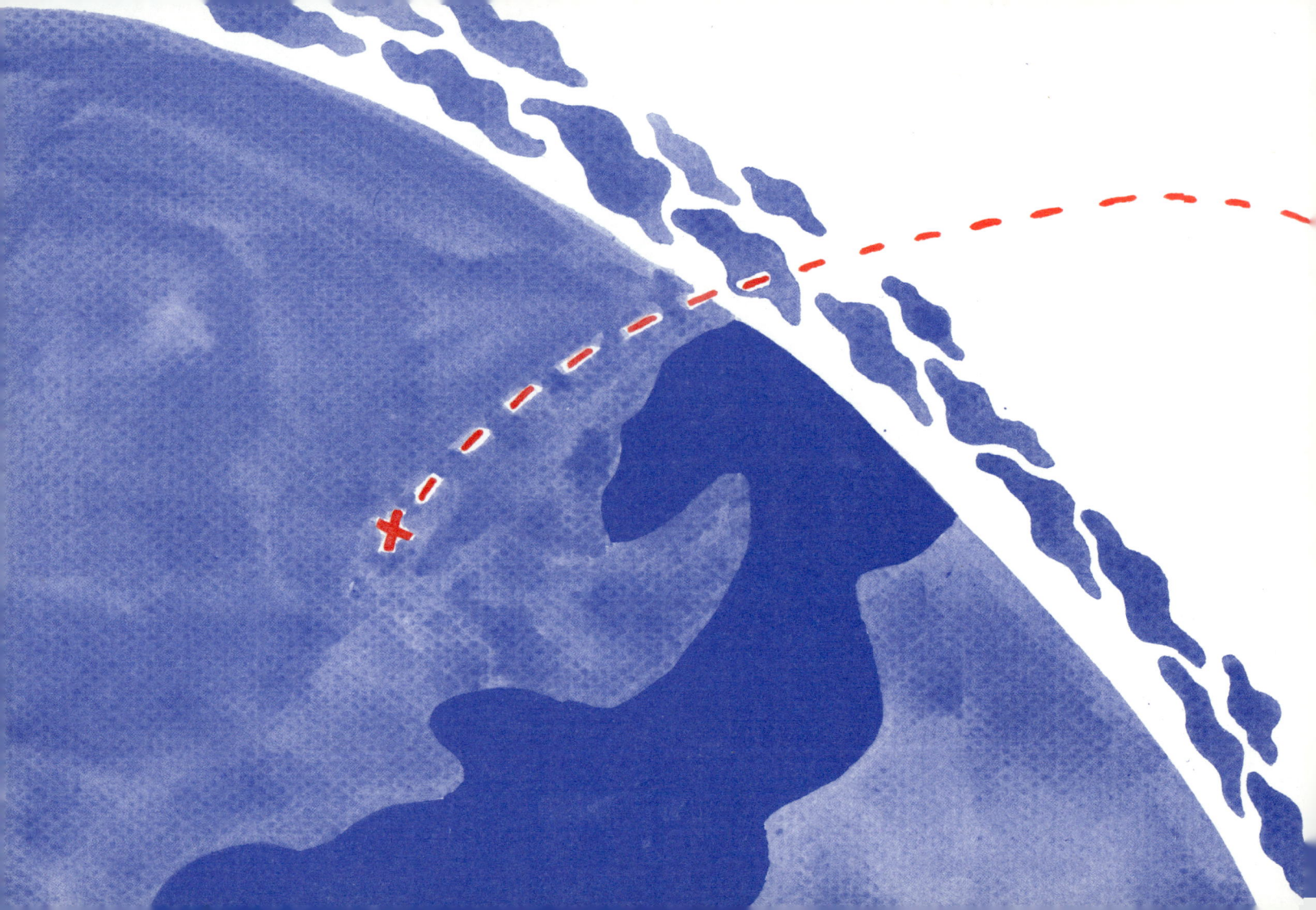

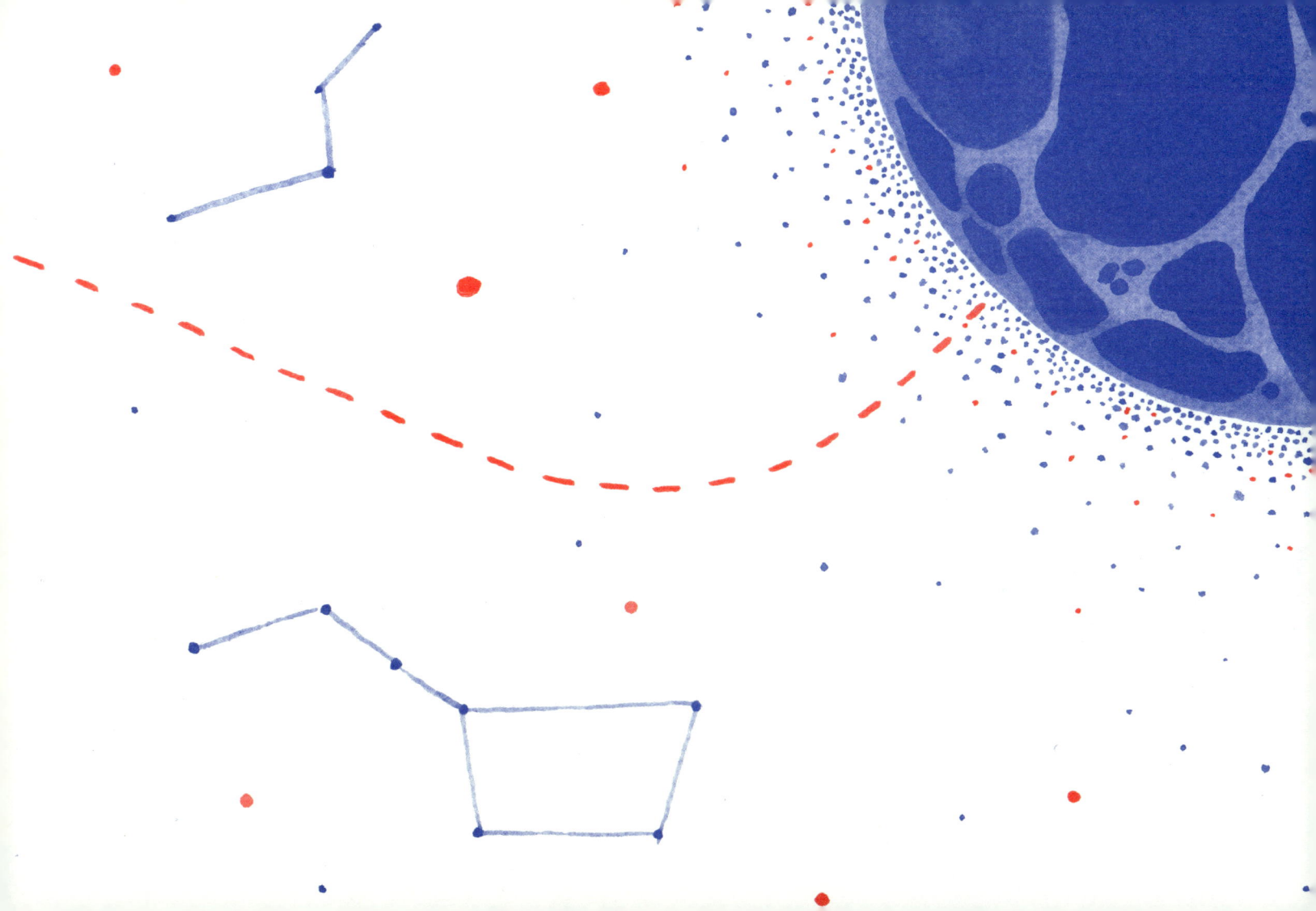

下一个赛段开始时，
我心想，如果没有那么多赛段，
如果它们没有那么长，
比赛就不会那么累人。

下一个赛段是月球。
那里起伏不平，
正是车手所爱。

但我，并不喜欢。

借助行动的力量法则，
邻居很快就解决了
缺氧和寒冷的问题。

"懦夫，如果你害怕寒冷，你只能放弃！"

高空，风景很美。
我发现，在近处，地球是平的，
但在远处，地球是圆的。我心想，
远离之后，很多东西
似乎都会变得全然不同。

靠近之后，流星让我感到害怕。

我还是最后一名，但我活着。
我开始明白，这项比赛的目标，
不是胜利，而是最后一个失败。

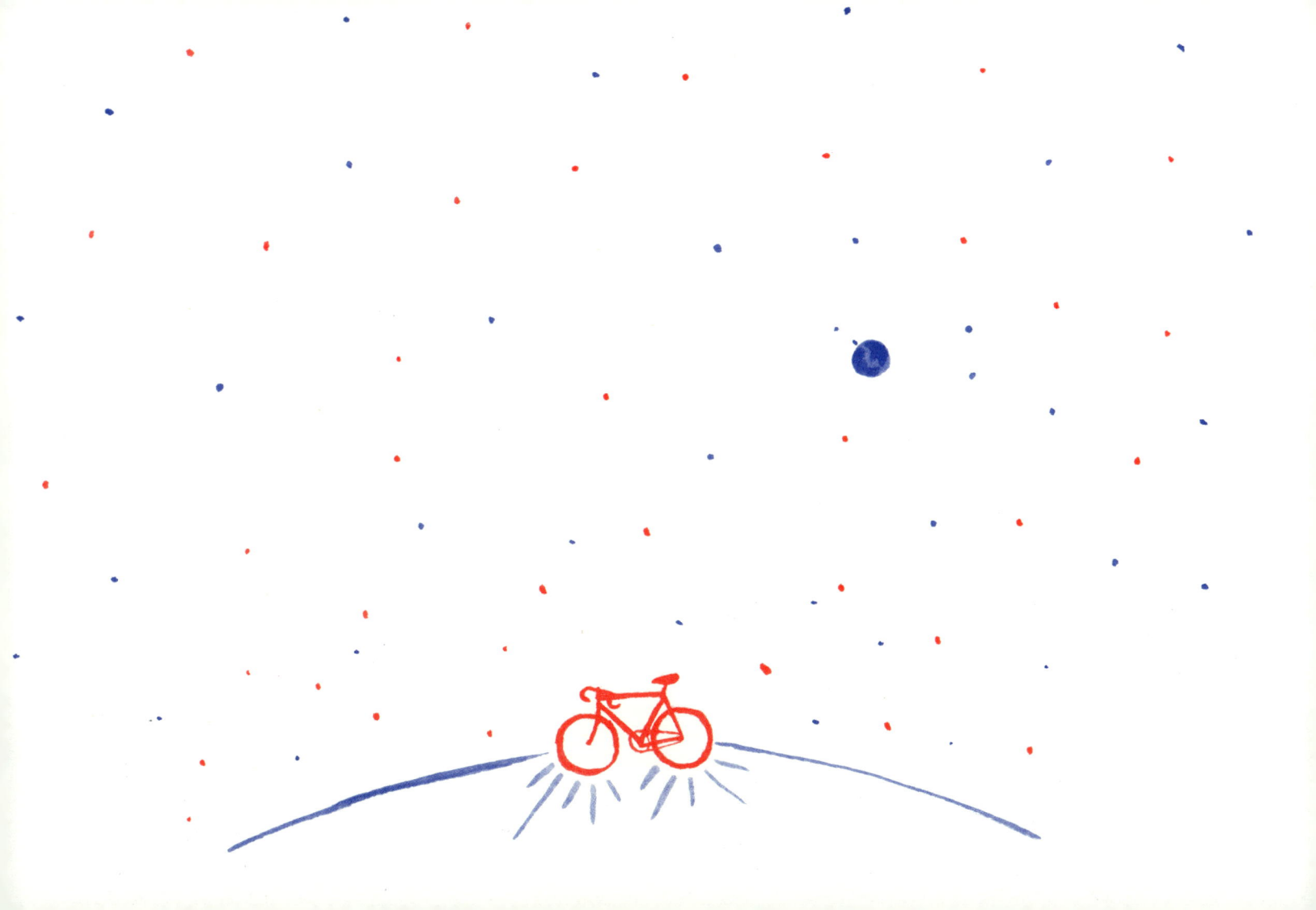

又是一场庆祝晚会。许多车手已经……
退出了比赛，他们已经不在。

我觉得，我们并不知道应该庆祝什么，
所以，它并不是一场真正的庆祝晚会。

月球对邻居有消极影响。

"伙计，我有点累了。"

无止境

这一赛段的一些东西让我感到厌倦。
没人知道我们应该去哪里。

我欣赏邻居的见解。

"伙计，没有人真正
到过这一赛段的终点。
所以说，这一赛段很难。"

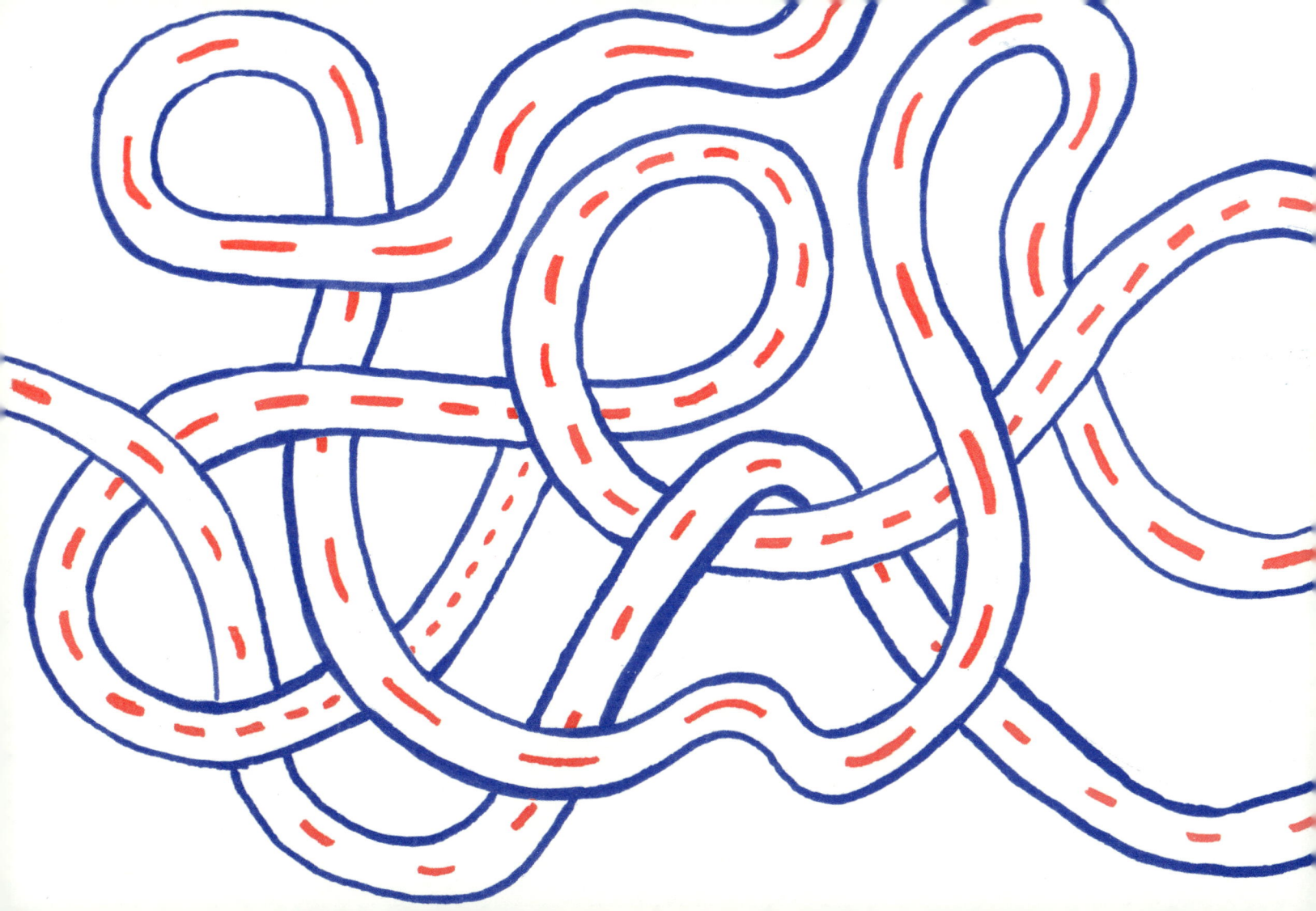

路途永无止境，终点遥不可期……

一些车手累倒在地，
他们仍会继续比赛。

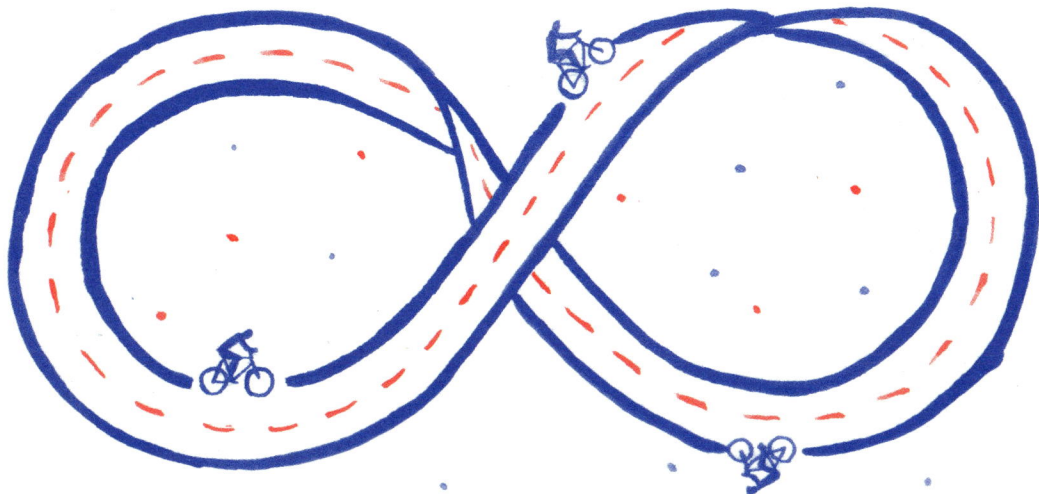

于是我停了下来。

我认识到，自行车是盟友，

路是敌人。

我建议其他人休息一下。
只有邻居听了我的话。

但路，就好像难以抗拒的魔女，在召唤着他。

我们办了一个小型庆祝晚会，
就当成已经抵达了赛段的终点。
但是此刻一片寂静，我们已经寸步难行。

我们陷入了沉睡。

冲刺

醒来时我们已在别处。

我们闯过了这一前人
从未闯过的神奇赛段，
只因我们如此坚定。

继续比赛。

我们已经接近终点。

我们要骑车前往从未有人到过的地方。

我不想首先抵达，
因为如果第二，邻居会很沮丧。
我也不想最后抵达，
因为邻居也许会埋怨我。

也许我也染上了他们的
怪病，其实我不希望比赛
某一天会结束。

路很美。

某些东西有助于恢复活力。

放弃亦然。

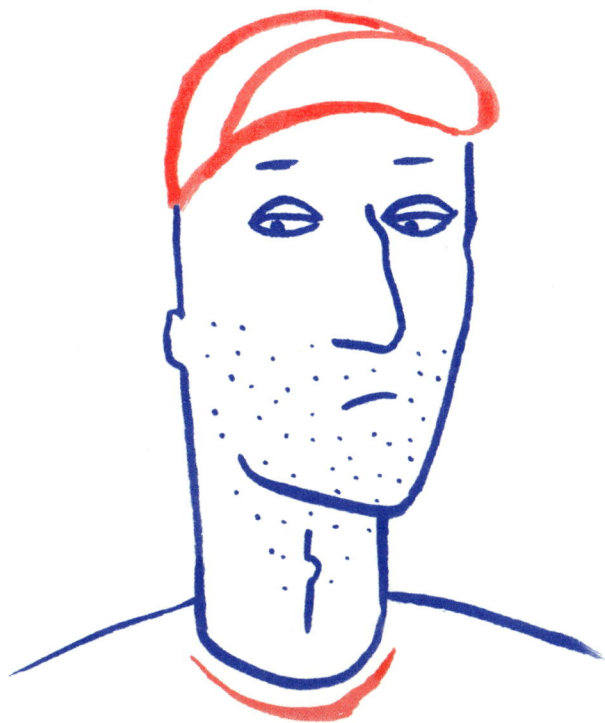

最后一个赛段

最后一个赛段。

我已不知为何还要前进。

我获得了第一名。

终点！

那里没有人。

只有我。

胜者赢得了痛苦。
这是生命的结局。

孤独。

完

著作权合同登记号 图字 01-2018-3335

Renard à vélo

FibreTigre/Floriane Ricard

© Éditions Rue de l'échiquier, 2016 Simplified Chinese edition arranged through Dakai Agency Limited.

图书在版编目 (CIP) 数据

骑自行车的狐狸 / (法) 费伯蒂格著 ; (法) 弗洛里安娜·里卡尔绘 ; 苏迪译 . —北京 : 人民文学出版社, 2020
（99 图像小说）
ISBN 978-7-02-014244-6

Ⅰ . ①骑… Ⅱ . ①费… ②弗… ③苏… Ⅲ . ①寓言 - 法国 - 现代 Ⅳ . ① I565.74

中国版本图书馆 CIP 数据核字 (2018) 第 087136 号

责任编辑　卜艳冰　王雪纯
装帧设计　李苗苗

出版发行　人民文学出版社
社　　址　北京市朝内大街 166 号
邮政编码　100705
网　　址　www.rw-cn.com
印　　制　上海利丰雅高印刷有限公司
经　　销　全国新华书店等
字　　数　20 千字
开　　本　700 毫米 × 1000 毫米　1/16
印　　张　15.75
版　　次　2020 年 5 月北京第 1 版
印　　次　2020 年 5 月第 1 次印刷
书　　号　978-7-02-014244-6
定　　价　98.00 元

如有印装质量问题，请与本社图书销售中心调换。
电话：010-65233595

floriane et fibretigre